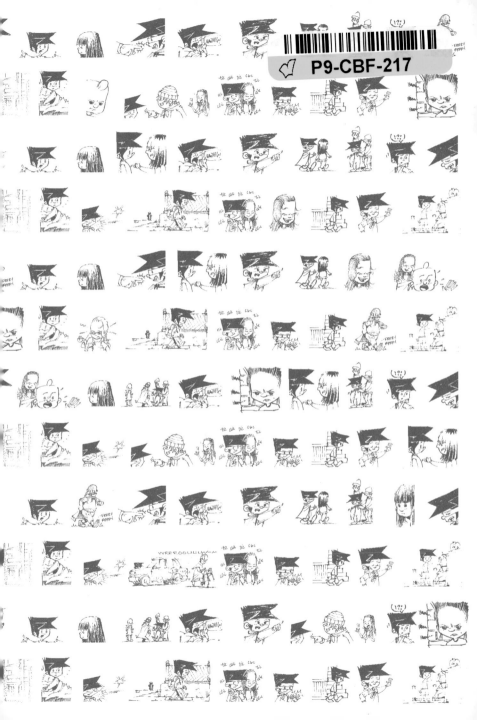

CAPITAINE STATIC

L'IMPOSTEUR

Des mêmes créateurs

SÉRIE CAPITAINE STATIC

Capitaine Static 4 – Le Maître des Zions, bande dessinée, Québec Amérique, 2010.
• **Finaliste au prix Tamarack 2012**
Capitaine Static 3 – L'étrange Miss Flissy, bande dessinée, 2009.
• **Finaliste au prix Joe Schuster (Canada) 2010**
• **3ᵉ position au Palmarès Communication Jeunesse 2010-2011**
Capitaine Static 2 – L'imposteur, bande dessinée, 2008.
• **Finaliste au prix Bédélys Jeunesse 2009**
• **4ᵉ position au palmarès Communication-Jeunesse (5-8 ans), 2010**
Capitaine Static 1, bande dessinée, 2007.
• **Lauréat du prix Hackmatack, Le choix des jeunes, 2009**
• **Prix du livre Distinction Tamarack 2009**
• **2ᵉ position au palmarès Communication-Jeunesse (5-8 ans), 2009**
• **Finaliste au prix Bédélys Jeunesse 2008**
• **Finaliste au prix Réal-Fillion du Festival de la bande dessinée
  francophone de Québec 2008**
• **Finaliste au prix Bédéis Causa 2008**
• **Finaliste au prix du livre jeunesse de la Ville de Montréal 2008**

Du même auteur

Le Chat de garde, roman, 2010.
Récompense promise : un million de dollars, roman, 2008.

Alain M. Bergeron et Sampar

CAPITAINE STATIC

L'IMPOSTEUR

QUÉBEC AMÉRIQUE

Catalogage avant publication de Bibliothèque et Archives nationales
du Québec et Bibliothèque et Archives Canada

Bergeron, Alain M.
Capitaine Static : l'imposteur

Pour les jeunes.
ISBN 978-2-7644-0618-2

I. Sampar. II. Titre.
PS8553.E674C362 2008   jC843'.54   C2007-942376-0
PS9553.E674C362 2008

Conseil des Arts
du Canada   **Canada Council**
for the Arts   **SODEC**
Québec

Nous reconnaissons l'aide financière du gouvernement du Canada
par l'entremise du Fonds du livre du Canada pour nos activités
d'édition.

Gouvernement du Québec – Programme de crédit d'impôt pour
l'édition de livres – Gestion SODEC.

Les Éditions Québec Amérique bénéficient du programme de subvention
globale du Conseil des Arts du Canada. Elles tiennent également à
remercier la SODEC pour son appui financier.

Québec Amérique
329, rue de la Commune Ouest, 3ᵉ étage
Montréal (Québec) H2Y 2E1
Téléphone : 514 499-3000, télécopieur : 514 499-3010

Dépôt légal : 3ᵉ trimestre 2008
Bibliothèque nationale du Québec
Bibliothèque nationale du Canada

Révision linguistique : Diane Martin et Stéphane Batigne
Direction artistique : Karine Raymond
Adaptation de la grille graphique : Louis Beaudoin
Réimpression : avril 2012

Imprimé en Chine
11 10 9 8 7 6 5 4 3   16 15 14 13 12
PO 508

Au grand et regretté René Goscinny

AVERTISSEMENT

Qui s'y frotte, s'y *TIC* !
Telle est la devise du Capitaine Static.

Chapitre 1

D'un bref signe de la main, je salue la foule. Je partage son excitation. Un peu plus et je m'applaudirais!

Aujourd'hui, je n'ai pas tiré Fred des griffes de ce lâche de Gros Joe et de sa bande. Ou descendu de la branche d'un arbre Newton III, le chat de madame Ruel. Ou épargné à la planète un désastre écologique.

Non, je n'ai pas accompli d'autre exploit que celui d'être… le Capitaine Static.

Ah ! Si ! J'ai sauvé la vie d'une dame âgée tout à l'heure. Appuyée sur sa marchette, elle traversait la rue à un feu de circulation. Son pas était si lent que le signal de passage pour les piétons s'est éteint tandis que le feu de circulation virait du rouge au vert. Un bolide a alors surgi de nulle part et a foncé droit vers elle.

Le conducteur ne pouvait l'éviter. La dame demeurait sourde à mes avertissements.

J'ai réagi avec l'énergie du désespoir.

11

Ce n'est pas pour évoquer mon geste héroïque que je me retrouve face à cette foule ce soir. Je suis l'invité d'honneur du concours de la fille la plus branchée de l'école. Sur la scène, il ne reste que les deux dernières participantes : Pénélope Laliberté, la plus belle fille de l'école, et Angélikou Demontigny, la plus prétentieuse de tout ce qui s'épelle au féminin.

Autrefois, quand je n'étais que Charles Simard, Angélikou m'ignorait totalement. Depuis que je suis devenu le formidable vous-savez-qui, elle a changé d'attitude du tout au tout. Elle cherche constamment ma compagnie. Elle voudrait bien profiter de ma nouvelle popularité pour faire mousser la sienne.

Elle s'interpose même parfois entre Pénélope et moi lorsque nous sommes ensemble en public. Ça met en furie Gros Joe, le taupin de l'école, qui en est éperdument amoureux.

Ça lui donne un motif supplémentaire pour me détester.

En effet, j'ai été le seul garçon capable de lui tenir tête ainsi qu'à sa bande de malotrus.

Je méprise cette Angélikou. Je sais que pour un super-héros comme moi, ce n'est pas très glorieux. Superman ou Spider-Man ne devaient pas nourrir de tels sentiments à l'égard des autres. Je voudrais les imiter, mais c'est plus fort que moi.

À l'ultime épreuve du téléphone cellulaire, les deux adversaires vont maintenant s'affronter. Nez à nez, elles sont prêtes à dégainer leur appareil.

Qui sera la plus rapide à faire un appel ?

TILITITITT! TILITITITT!

Coucou, Angélikoukou !

Une autre sonnerie retentit. Il est trop tard pour Pénélope. Je prends tout de même l'appel. Elle me remémore notre rendez-vous après la soirée.

Sans surprise, Angélikou Demontigny est sacrée du titre de la fille la plus branchée de l'école. Les spectateurs réagissent avec politesse, à l'exception de Gros Joe, qui chante :

Nananana ! Hey Hey Hey ! Good Bye !

C'en est trop !

Le plancher est recouvert de tapis.

J'augmente ma charge d'électricité statique en me traînant les pieds.

C'est là le secret de mon incroyable et étrange pouvoir.

Mon corps emmagasine cette énergie.

Toutefois, je n'ai pas l'occasion de montrer à cet abruti qu'on ne ridiculise pas les gens ainsi. Le maître de cérémonie m'invite à le rejoindre pour féliciter la gagnante...

À charge... de revanche.

Sur la scène, Angélikou se presse contre moi pour la photographie officielle. Je sens autour de moi une douce chaleur et des picotements familiers…

Le photographe s'éloigne, son travail terminé. La tête d'Angélikou est ainsi immortalisée… Je me réjouis en pensant à la future parution de la photographie dans le journal et sur le site Internet de l'école, sous le titre «La fille la plus branchée».

Bien qu'elle ait gagné le concours, Angélikou Demontigny est la grande perdante de la soirée.

Mais, du même coup, je me suis fait une nouvelle ennemie.

Chapitre 2

Du jour au lendemain, Angélikou Demontigny est devenue la risée de l'école. Certains élèves, pour se venger de son attitude hautaine à leur égard, placardent sa nouvelle photo partout dans les couloirs. Et la voilà maintenant qui longe les murs pour se rendre à son casier.

Même les cabinets de toilette servent de tableaux d'affichage. Et je ne parle pas du fameux rouleau de papier hygiénique. Quelqu'un a fait imprimer le visage d'Angélikou sur chacune des feuilles… L'insulte suprême pour celle qui désirait apparaître à la une du journal !

Angélikou Demontigny ne me le pardonnera jamais. Ce qu'elle est susceptible, celle-là! Des fils dans sa tête se sont touchés. Il y a eu comme un court-circuit. Et l'ange s'est transformé en démon…

Peut-être devrais-je m'en inquiéter? Je la vois souvent à la cafétéria en compagnie de Gros Joe. Comploteraient-ils contre moi?

Je ne sais pas et, pour dire franchement, je suis trop bien avec mon amie Pénélope pour entretenir de sombres pensées.

Superman envoie-t-il son costume chez le nettoyeur ou bien le lave-t-il lui-même? Est-ce la grand-mère de Spider-Man qui chasse les taches rebelles sur le costume de son petit-fils mais grand super-héros? Et Tarzan… Ah non… C'est vrai… Il ne doit certes pas avoir ce souci-là, lui…

J'ai beau être le Capitaine Static, la coqueluche de toute l'école…

Enfin… De presque toute l'école. Ça ne met pas pour autant mon costume à l'abri des saletés.

Ma mère possède elle aussi un super-pouvoir: celui de détecter la moindre tache sur un vêtement, fût-il porté par votre cher capitaine!

Allez! Ton costume au lavage!

Mais maman!

Il n'y a pas de «Mais maman!» qui tienne, mon garçon.

C'est juste un peu de moutarde...

Un peu, pour ma mère, c'est toujours trop. Elle ne lésine pas en matière de propreté.

Et si tu sauves la vie du Premier ministre demain? Et que les médias en sont témoins? Dans ma tête, je vois déjà le titre...

La Nouvelle

LE PREMIER MINISTRE SAUVÉ PAR UN CROTTÉ!

Là, elle marque des points. Ce serait une tache à mon dossier. Avant que la moutarde ne monte au nez de ma mère, je retire mon costume et je le lui remets, un peu à contrecœur.

Privé de mon costume et de mes pantoufles, je me sens vulnérable. Je suis un escargot sans sa coquille, une tortue sans sa carapace, un castor sans ses dents, une girafe sans son cou!

Je redeviens le simple, banal et terne Charles Simard, dont on n'écrira jamais les exploits pour les générations futures.

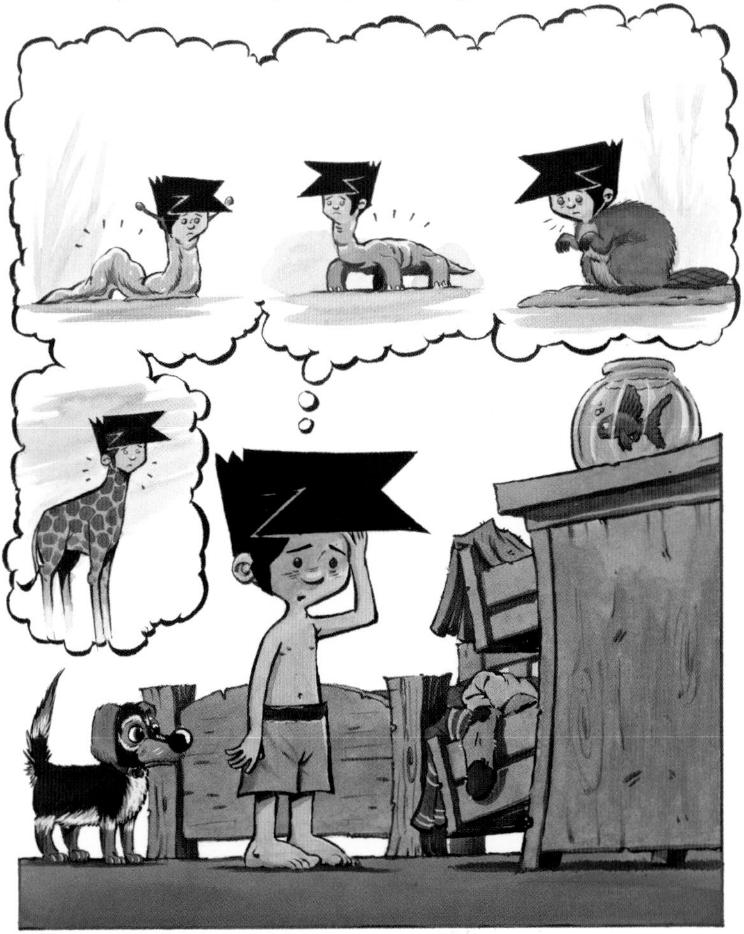

Comme il se fait tard, j'enfile le seul pyjama propre qu'il reste dans ma commode, celui avec des oursons... C'est l'humiliation profonde pour un héros. Voyez le Capitaine Static dans toute sa splendeur !

Puisque je n'aime pas m'éloigner de mon costume, je me mets à lire dans la salle de lavage : une bande dessinée intitulée «*Superman, le cycle*», dans laquelle l'homme d'acier doit combattre un mystérieux ennemi qui a usurpé son identité.

L'imposteur est démasqué et envoyé en prison. Bien fait pour lui! Nan!

Ma mère, comme à son habitude, débarque à la seconde exacte où le cycle de lavage prend fin.

Malheur! La sécheuse refuse de fonctionner.

Je vais devoir suspendre tes vêtements sur la corde à linge.

De mon lit, je compte bien veiller sur mon costume.

Sauf que, blotti sous mes couvertures, je dois livrer une bataille contre un rude opposant : le sommeil.

Mes paupières sont si... lourdes...

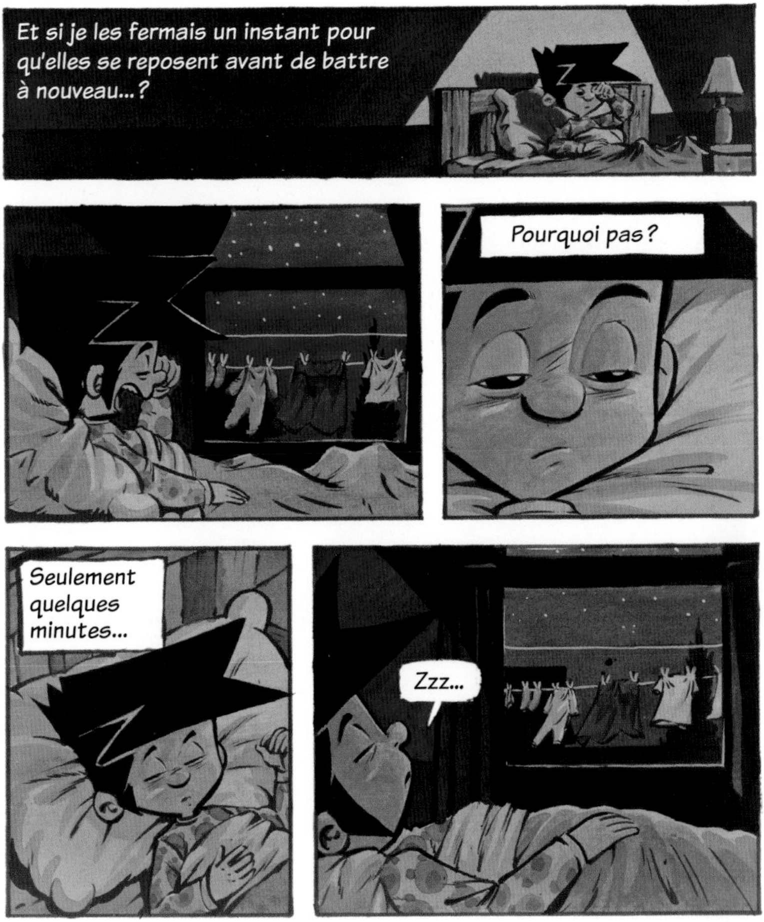
Et si je les fermais un instant pour qu'elles se reposent avant de battre à nouveau...?
Pourquoi pas?
Seulement quelques minutes...
Zzz...

Oui. Être engourdi de sommeil, c'est une sensation vraiment très agréable…

C'est ça…

Bonne nuit.

…

Tiens? Des pas feutrés sur la pelouse… Probablement le chat Newton III qui s'est encore échappé de la maison de madame Ruel.

RRRRRRR RRRRRR

Je ne ronronne pas. Je ronfle.

Je ronfle!

HORREUR!

MON COSTUME
N'EST PLUS SUR
LA CORDE!

Chapitre 3

Ma mère prépare mon petit-déjeuner dans la cuisine. Devant mon air catastrophé, elle devine… et se précipite à l'extérieur pour constater le vol.

Le monde peut vivre sans épingles à linge, mais pas privé du Capitaine Static.

Réglons les problèmes par ordre d'importance.

Pour commencer, on va faire réparer la sécheuse, puis je te fabriquerai un nouveau costume... Toi, à l'école!

34

Pendant que je suis en route vers l'école, l'évidence me frappe. Je comprends qui a volé mon costume : un collectionneur! Oui, oui! Un fan du Capitaine Static qui a poussé l'admiration jusqu'au vol, quitte à ennuyer son idole… moi.

Mèche de
cheveux
du Capitaine

Quelqu'un, quelque part, voue un culte à mon personnage. Et s'il s'agissait d'une admiratrice? Hum! L'hypothèse est... séduisante!

En parlant d'admiratrice séduisante...

Je m'apprête à lui dire qu'elle est bien gentille de vouloir accaparer certains de mes souvenirs personnels. Pour ajouter ensuite que j'aurais besoin de mon costume, vilaine fille… Le tout débité sur un ton taquin.

Je n'ai pas l'occasion de me défendre, car notre professeur nous commande de plonger dans notre livre de mathématiques. Bien calculé…

À la récréation, c'est pire. Je suis boudé par tous. J'entends dire qu'une fillette a été attaquée par le Capitaine Static…

Tout en dégustant une barre tendre au chocolat, je m'approche de l'attroupement qui s'est formé autour d'elle.

Je suis jugé coupable avant même la tenue de mon procès.

Les morceaux du casse-tête commencent à se placer dans mon esprit. On m'a volé mon costume… et mon identité! Ce n'était donc pas l'œuvre d'un collectionneur. Il y a un autre Capitaine Static en ville. Un imposteur que je dois démasquer!

Chapitre 4

Ma mère travaille vite et bien. Surtout lorsque je suis sur ses talons pour qu'elle se grouille! J'ai une injustice à réparer. Il ne s'agit pas ici de simple couture. Je dois en découdre avec un malappris, un voleur, un imposteur!

Où-as-tu-ca-ché-Fred?

Aba... aba...

Quoi? Aba-aba?

Abasourdi!

Je suis abasourdi!!!

Quelqu'un a vu le Capitaine Static entraîner de force mon frère cet après-midi, après l'école! Tu me dis où il se trouve, sinon...

sinon...

Voilà, Charles! Ton nouveau costume est prêt.

44

Tu vois ? C'est pour remplacer celui que je me suis fait VOLER l'autre jour ! Quelqu'un d'autre se fait passer pour moi.

Attends une minute, je reviens.

Allons à la recherche de ton frère !

Excuse-moi d'avoir douté de toi, Charles. J'aurais dû le savoir...

L'heure n'est pas aux remords ni aux sermons mais à l'action. Nous nous rendons sur les lieux de la disparition de Fred.

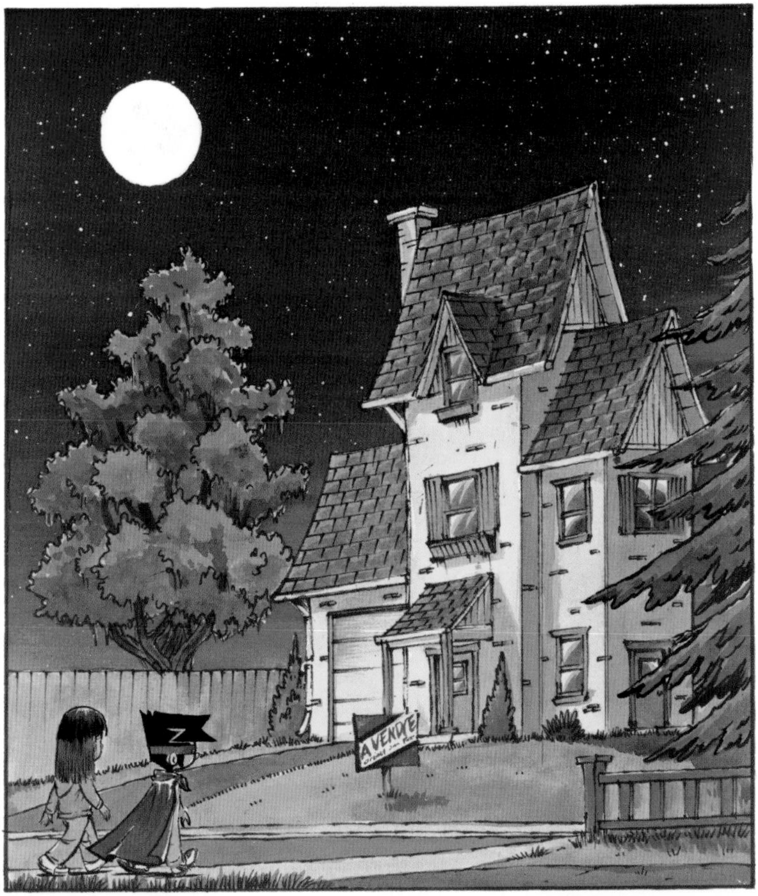
A VENDRE

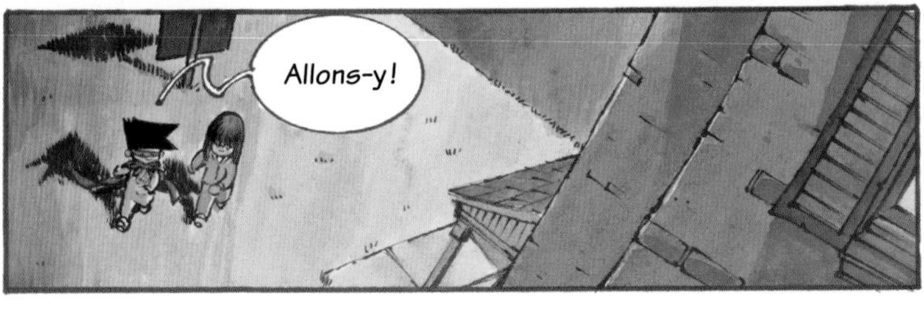
Allons-y!

Les fans d'abord...

Les héros ensuite.

Merci !

VOUS N'AVEZ PAS LE DROIT!

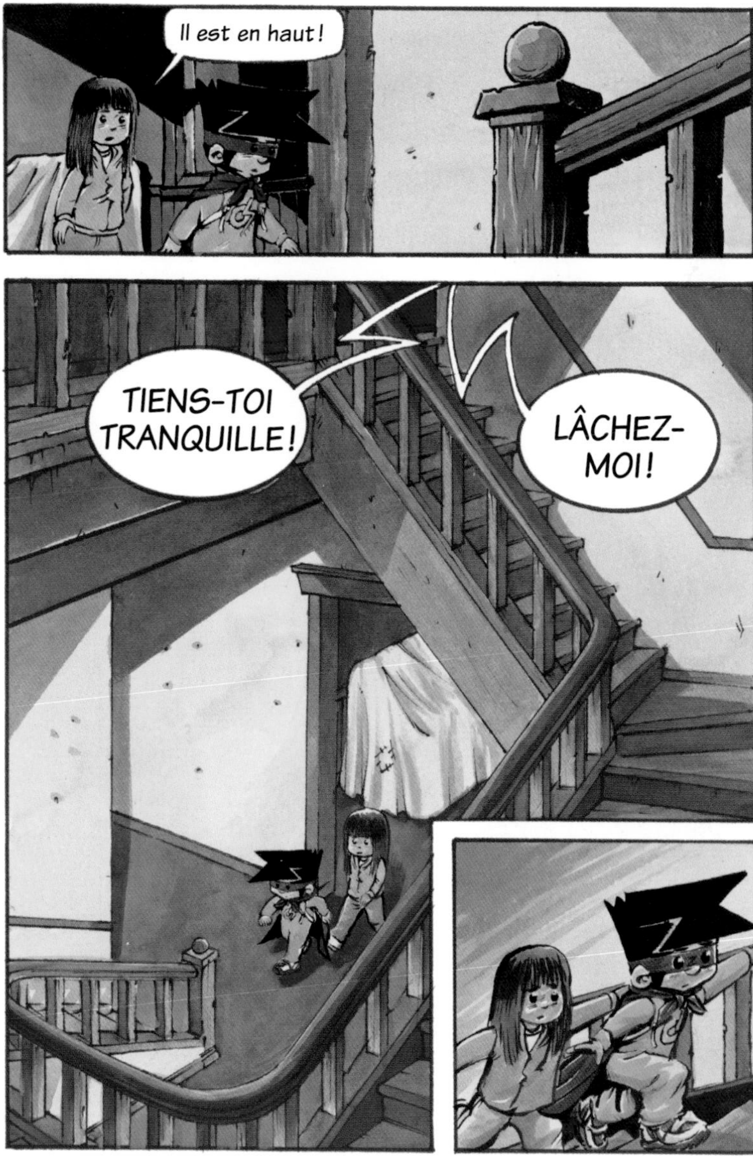
Il est en haut !
TIENS-TOI TRANQUILLE !
LÂCHEZ-MOI !

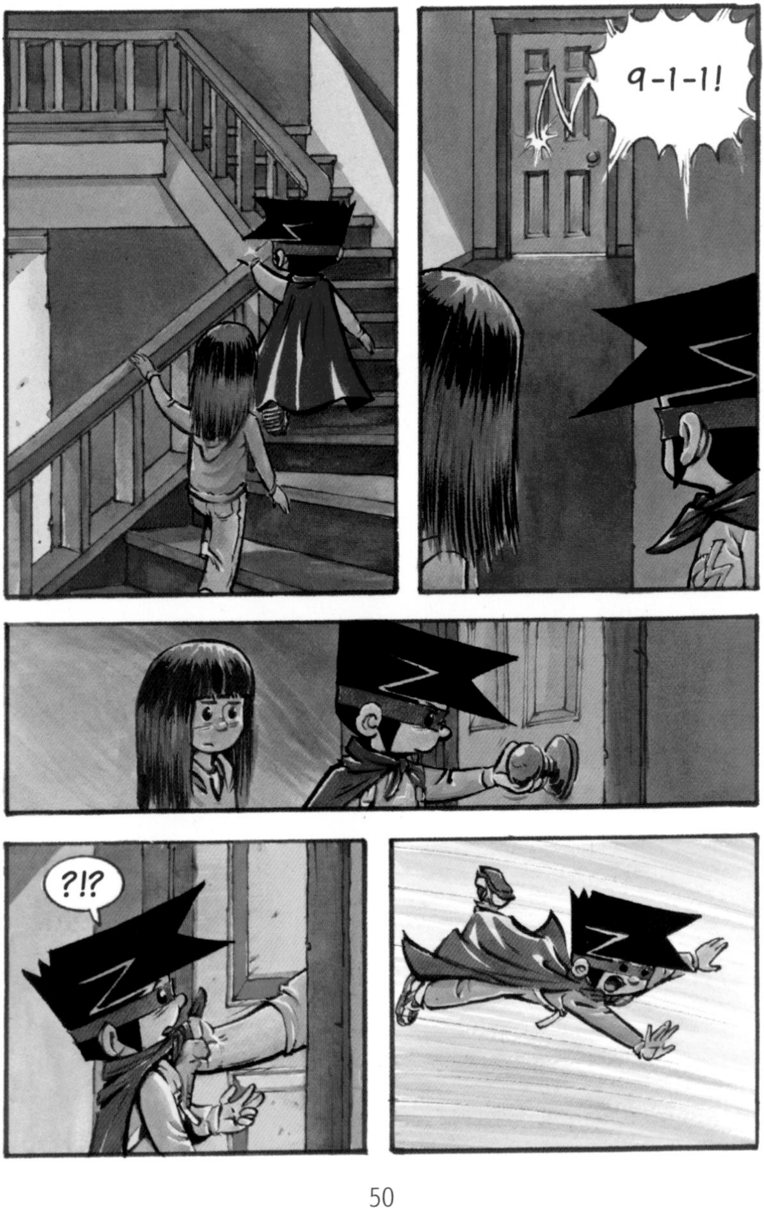
9-1-1!
?!?

Je relève péniblement la tête et je vois… Angélikou Demontigny, flanquée du Capitaine Static!

Chapitre 5

Comment a-t-on pu confondre Gros Joe avec moi? Car il s'agit de lui et de sa bande de nuls. J'ose fanfaronner :

Tu vas goûter à ma prise de courant!

TIC!

AÏÏÏEE!

Laissez-le!

Non!

Viens par ici, minus!

Cher Capitaine Static, soit tu nous dévoiles le secret de ton pouvoir...

54

Vous pouvez le torturer tant que vous le voulez, il restera muet. Pas vrai, Capitaine Static?

Euh... Non! Je ne suis pas trop d'accord...

Soit le frérot va passer un très mauvais quart d'heure!

Non! Il va tout vous dire! Pas vrai, Capitaine Static?

Ai-je le choix?

Mes pantoufles... Elles sont dans mon sac à dos, sous ma cape...

Voyez-vous ça! Un héros en pantoufles!

Sans ménagement, Gros Joe fouille dans mon sac à dos. Il exhibe les pantoufles tel un trophée convoité. Sa complice sort de sa poche de pantalon un téléphone cellulaire qu'elle met en marche.

Avec ce joli appareil, je vais vous filmer. Ensuite, je mettrai la séquence sur Internet, où tout le monde pourra assister à ta défaite.

Tu sauras enfin, Capitaine Static, ce que c'est que d'être la risée des autres !

Je connais trop bien la suite...

Angélikou démarre la caméra vidéo de son téléphone cellulaire. Une luminosité entoure le corps de Gros Joe. Il est chargé à bloc, je le sens. Il frôle même le court-circuit.

Je suis le plus puissant!

J'appréhende le choc...

Notre rencontre va provoquer des étincelles.

Tu vas goûter à ta propre médecine, Capitaine Static!

57

Je pourrai me vanter que je me suis chargé... de toi !

Mais vas-y ! Mes batteries faiblissent !

Tic

Tic

Tel est pris qui croyait prendre ! Le pouvoir de contrôler l'électricité statique est en moi.

Tu peux conserver le costume, si tu veux. Tu l'as trop étiré, sale imposteur! Mais ceci m'appartient!

Et ça aussi!

Quel idiot! Il n'avait même pas enlevé les épingles à linge de ma mère sur ses épaules. À ma grande surprise, Fred enfile mes pantoufles et se traîne les pieds sur le tapis.

As-tu déjà oublié? Qui se frotte au Capitaine Static...

... s'y TIC!

TIC!

Viens, Capitaine Static.

Ce n'est pas le costume qui fait le héros.

C'est plutôt sa grandeur d'âme et son courage.

Elle a sûrement raison.

Après tout, Pénélope est l'une des filles les plus branchées de l'école!

Alain M. Bergeron

Lorsque Alain M. Bergeron a décidé d'écrire des histoires pour les jeunes, il s'est fixé quelques buts. Pour commencer, il espérait avoir autant de livres que son âge. À 47 ans, il avait 47 livres publiés. Ensuite, il voulait compter autant de livres que son poids en kilos. Il a réussi en 2005 : 60 kilos, 60 livres. Il a atteint en 2007 l'objectif d'avoir autant de publications que l'âge de sa mère : 83 ans, 83 livres. L'année suivante, il franchissait le cap des 100 livres. Depuis, l'auteur est parvenu à rejoindre son poids en livres, soit 154, en 2011… Avec la série *Capitaine Static*, Alain M. Bergeron et son acolyte, l'illustrateur Sampar, réalisent un rêve d'enfance : créer leur propre bande dessinée.

Sampar

Illustrateur complice d'Alain M. Bergeron, Sampar — alias Samuel Parent — est celui qui a donné au *Capitaine Static* sa frimousse sympathique. Dès la sortie du premier album, cette bande dessinée originale a obtenu un succès éclatant, tant auprès du jeune public que des professionnels de la BD. Les illustrations humoristiques du petit héros attachant et de sa bande y sont certainement pour quelque chose…

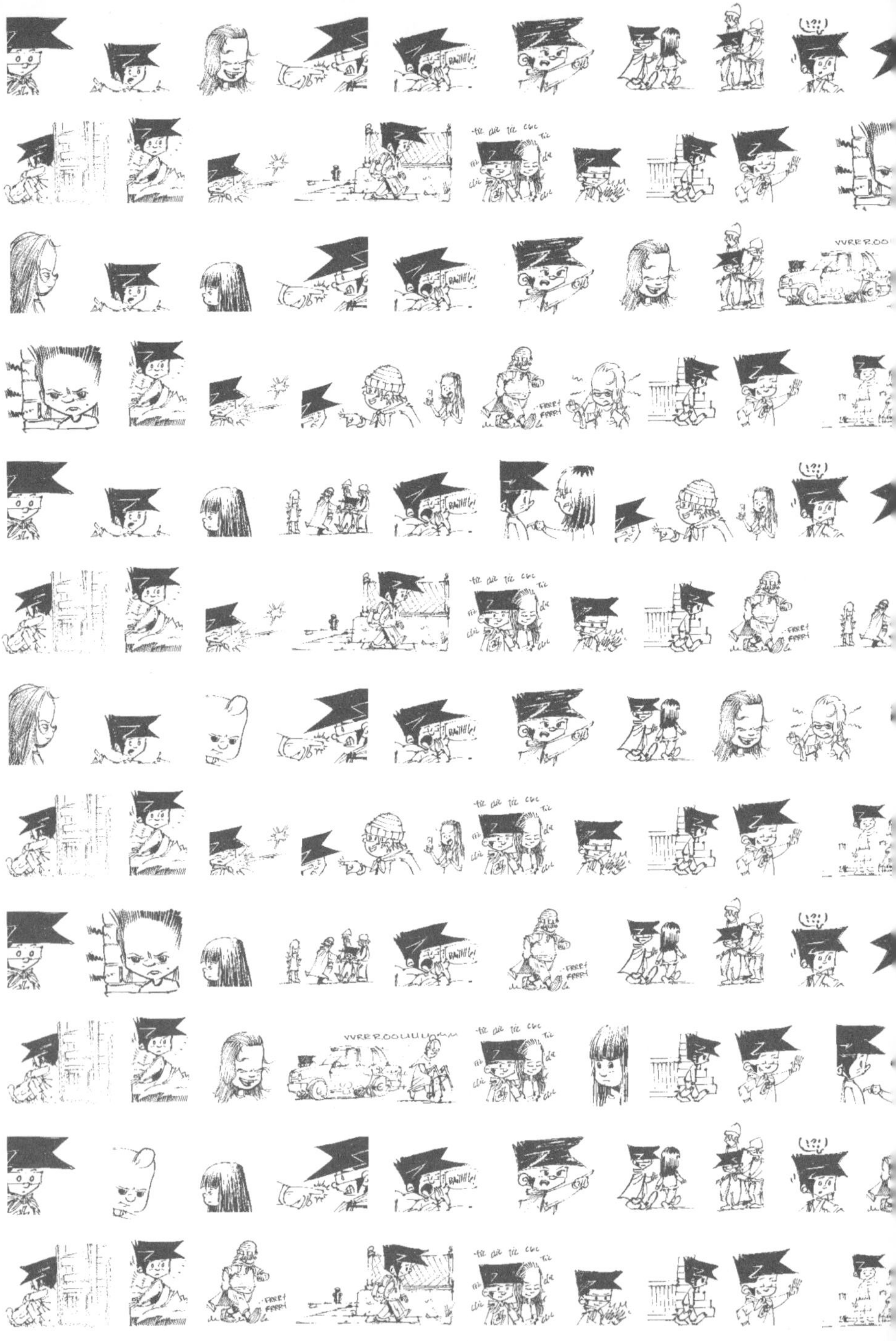